中国诗人

卞宝泰 著

拂云斋诗钞
FU YUN ZHAI SHI CHAO

北方联合出版传媒（集团）股份有限公司
春风文艺出版社
·沈阳·

## 图书在版编目（CIP）数据

中国诗人·拂云斋诗钞／卞宝泰著．—沈阳：春风文艺出版社，2021.9（2023.8重印）

ISBN 978-7-5313-6036-0

Ⅰ．①中… Ⅱ．①卞… Ⅲ．①诗集—中国—当代 Ⅳ．①I227

中国版本图书馆CIP数据核字（2021）第153273号

**北方联合出版传媒（集团）股份有限公司**
**春风文艺出版社出版发行**
http://www.chunfengwenyi.com
沈阳市和平区十一纬路25号　邮编：110003
永清县晔盛亚胶印有限公司印刷

| | |
|---|---|
| 责任编辑：韩　喆 | 责任校对：陈　杰 |
| 装帧设计：Amber Design 琥珀视觉 | 幅面尺寸：125mm × 195mm |
| 字　　数：124千字 | 印　　张：6.75 |
| 版　　次：2021年9月第1版 | 印　　次：2023年8月第2次 |
| 书　　号：ISBN 978-7-5313-6036-0 | 定　　价：68.00元 |

版权专有　侵权必究　举报电话：024-23284391
如有质量问题，请拨打电话：024-23284384

# 序

## 读宝泰诗兼谈风雅

尹伟达

一

风雅是什么?风雅是《诗经》的风雅颂,是歌谣,是雅乐,是诗文,是教化,是文雅,是儒雅。孟浩然说:"文章推后辈,风雅激颓波。"高适说:"吾见风雅作,人知德业尊。"

二

在这部诗集里,我最爱读的是他写员工的诗,这些诗里流露着真情真意。如他《与外地员工共度新年》开门就说:"叫声兄弟动肝肠,今夜斟杯话短长。"一句话直触心窝。接着他写道:"自是同心收佳绩,当为阔步骋康庄。三年积聚攀高志,一纪开端向远方。且把钢花经淬砺，浇来劲骨更清狂!"在《送外地员工返乡与家人团聚》中，他对工友说："且斟意气当相送，捷报声声到八方。"有些员工因防疫需要，主动退票，坚守岗位过年，他赞道："大义员工心有爱，高风气节假无休。"还有一首《与员工同贺新年》，"曾经汗水寒和暑，犹记时光耕且耘。"在这些诗中，我们看到一位儒雅厂长和工友之间的兄弟情义。

企业管理的根本是人的管理，是人文的科学。而诗词的精髓也同样是人文。从这点来说，企业管理与诗词创作不仅不矛盾，而且相得益彰，共同提升着人文境界。正因为如此，这些年宝泰把自己修炼成优秀的厂长，也修炼成优秀的诗人。在他的生活里，"铁水飞花扬国粹，持鞭莫笑白头翁。"他的诗与他的企业相伴而行，共步辉煌。

三

人是风雅的主体，情则是风雅的血脉。真情实感是所有文体的生命。情，在诗中流淌；诗，从心底发出。于是，就真挚，就感人。

这情，不仅有前面说的工友情，也有亲情友情家国情。他去机场接爱女回家过年，"朝霞一缕透明光，暖入心怀喜满堂。雪映千峰知梦寐，风吹万里返家乡。"喜悦之情溢于言表。但这位"为谁牵得此生悦，有女归来老父忙"的父亲,"早把冰封融作爱",又依依不舍地在"甘甜暗品数时长"。是呀,团聚总是那么短暂,尤其孩子快要离开的那些天,真是掰着手指数时长!以至送别时,"不敢回身恐月凉"。去年,小女因疫情不能回家过年,他写道:"捎云寄去为娘嘱,落雪飘来与父收。千水千山千个爱,一寒一暑一行忧。愁心化作烟花散,只待青春好报秋。"无法丈量的,还有相濡以沫的夫妻情,"夕霞执手相携老,何问长情怎个量。"对母亲更有无尽的怀念,"泪打衣襟慈母念,心随笔墨苦儿铭。唏嘘不尽相思路,情系当空数一星。"

宝泰有很多写友情的诗,真情高境。"几许清风邀月色,两三知己论经纶。"这是清风明月般的友情。"饮尽杯中今昔绪,堆成梦里短长篇。"这是与人生相伴的友情。"与时放任青山老,收付襟怀担满肩。"这是与事业并存的友情。"且思进退知行远,一握将来别有天。"这是面向未来的友情。"拈来格律挥鸿笔,对照心怀映夕阳。趣在相投弘国粹,情能共赏抱书香。今成字里云游客,约上春秋话短长。"这是他与诗友的友情。

他的诗中,也随处可见家国情怀,如《除岁》,"家庆当知天地合,国强尽是栋梁擎。"生日里,他的愿望是"只为螺纹牵一累,弯弯曲曲并天长"。在病中,他想到的也是"吾愿钢花多绽放,好邀梅雪喜沾巾"。

四

　　风雅是与生俱来的，但提升要靠后天的修养。宝泰写诗词也就六七年，这六七年，他把企业做大做强了，把诗词也作得炉火纯青。去年，他出了一部词集，读后令我刮目相看。这次又出诗集，虽然有些诗在微信里读过，这次全面地认真地捧读，更令我敬叹。他的诗，就像他企业生产的螺纹钢一样，不仅产量高，而且质量好。写得轻松自如，信手拈来，读来令人拍案叫绝。正如宋戴复古云："高吟闯风雅，妙句斩琼瑰。"

　　宝泰的远足篇中，妙语如珠。在宏村，他写道："古屋百年犹气势，徽班千载已风烟。心随天籁归来去，碧宇寻芳我做仙。"在新安江水画廊，他"眼观山水入长廊，画卷铺来浓淡妆。两岸勾描施五色，九砂点缀定千章。轻身走过村庄里，瘦笔敲开思绪旁。忘了俗尘多少事，唯留一段在诗香"。登黄山，他"且随云海攀梯上，身近东君好梦栽"。在岫岩，他"更领清心行十里，相随静处到双眸""随波挽起层云浪，出岫收来一岭烟"。坐网红小火车穿越西海大峡谷，他"身心渐入虚无境，名利都随缥缈音。莫愧清风寻净地，休将俗事立儒林。人生往返如斯是，步履匆匆赶到今"。在老牛湾，他说"天地为盆山水栽""长江一握黄河手"，想象力大胆爆棚。还有一组题图诗，令我想起苏轼的《惠崇春江晚景》句："竹外桃花三两枝，春江水暖鸭先知。蒌蒿满地芦芽短，正是河豚欲上时。"宝泰这组诗也不乏妙句。如《题图闲亭对弈》，"手捻春丝分上下，心裁绮梦落依稀。"《题图庭院观花》中有一句"扶着软风看柳黄"，仿佛看到一个佳人，在春光里扶着软风，看柳吐鹅黄，赏春之景、怀春之情跃然纸上，与杜甫的"春光懒困倚微风"异曲同工。《题图重阳赏菊》，"有心摘朵陶家菊，入梦凝成故土情。"既有陶渊明的恬淡，又有思乡的惆怅。《题图琼台玩月》，"又是一年新景色，谁知哪处乱人肠。登高犹见家方向，想起当时栀子香。"也同样写出了离人的月下思乡。

## 五

在晋祠，他"随波拾起无中有，信手掂成果或因"。在普陀山，他"涤尽心尘重阔步，相围翠竹启身修"。洗涤了心上的尘埃，但不遁入空门，而是更加坚定地阔步向前，且像"虚心图上进，劲节拒平庸"的竹一样修身。站在灵山大佛前，他的感悟是"善念常存天与地，宽怀且理短和长"。这是经历了雨雪风霜后的感悟，以善立身，以宽理事，而且不被羁绊。在燕赵悲歌中，他"此间纵意何须敛，尽把身心入画图"。在病床上，他感悟"人生莫过多甜苦，抖擞精神向早梅"。与诗友共勉，"谦谦本是当初貌，淡淡犹添此刻光"。与中外企业家交流，他"同堂博采知长短，共话才能识昃盈。借得风云挥意气，豪情壮我上新程"。在鸭绿江畔的党旗下，这位老党员"党旗一展站风前，昂首凝神举右拳。牢记终生曾立誓，应随当下敢为先。初心不改筹谋定，梦想飞扬意气宣。且绘宏图江水人，鳌头之上更加鞭"。

六

风雅是一个过程，这个过程却是无止境的。而且追求风雅的过程，也是全面加强自身修养、提升自我境界的过程。所以，读宝泰的诗，也是读其人。如他的《自嘲》："平仄推敲冬复春，痴痴一个假诗人。天生倔强柔肠赋，性本刚坚老鬓辛。悟得禅心怜暮色，修成词笔近梅邻。而今欲把年华付，淡泊功名寄此身。"是呀，风雅是一辈子的事，职业可以结束，风雅却能相伴一生。相信宝泰在风雅的路上，会走得更高更远。"捧来风月回眸望，捻作诗词信手量。天地无非方寸大，书归一卷尽春光。"

（作者是著名历史文化学者，作家、诗书画家，曾任鞍山市文联主席。）

# 目 录
CONTENTS

## 远足篇

| | |
|---|---|
| 七绝·佳宁生态园赏梨花 | /3 |
| 七绝·万柳河吟 | /4 |
| 七绝二首·春日千华山寻冰凌花有感,步无尘子韵 | /5 |
| 七绝二首·春日踏访石龙庵 | /6 |
| 七绝·闲游弓长岭 | /7 |
| 七绝二首·畅游岫岩仙人谷 | /8 |
| 七绝二首·龙泉山庄漫步 | /9 |
| 七绝·山西咏面 | /10 |
| 七绝·大同古城远眺 | /11 |
| 七绝·夜游古北水镇 | /12 |
| 七绝·过乾坤湾 | /13 |
| 七绝·平型关战役遗址悼115师将士 | /14 |
| 七绝·俯瞰老牛湾城堡 | /15 |
| 七绝·咏忻州古城 | /16 |

# 目　录
CONTENTS

| | |
|---|---|
| 五律·鸭绿江观国家皮划艇集训 | /17 |
| 五律·咏婺源篁岭 | /18 |
| 五律·莲花峰远眺 | /19 |
| 七律·山庄雅聚 | /20 |
| 七律·关门山采风 | /21 |
| 七律·咏绿佳泰葡萄主题公园 | /22 |
| 七律·苗圃芦花赞 | /23 |
| 七律·瞻鸭绿江断桥 | /24 |
| 七律·安徽西递宏村游记 | /25 |
| 七律·闲游新安江水画廊 | /26 |
| 七律·登黄山看奇峰 | /27 |
| 七律·岫岩水巷览胜 | /28 |
| 七律·光明顶望远 | /29 |
| 七律·坐网红小火车穿越西海大峡谷 | /30 |
| 七律·咏岫岩龙泉湖 | /31 |
| 七律·普陀山忆游 | /32 |
| 七律·太湖遇台风漫步 | /33 |

# 目　录
CONTENTS

| | |
|---|---|
| 七律·城隍敬香感赋 | /34 |
| 七律·游宽甸百瀑峡 | /35 |
| 七律·与鞍钢七子同游燕赵 | /36 |
| 七律·咏金山岭长城 | /37 |
| 七律·咏大同悬空寺 | /38 |
| 七律·平型关大捷 | /39 |
| 七律·游老牛湾随感 | /40 |
| 七律·忻州古城墙览胜 | /41 |
| 七律·秋登娘子关古城墙 | /42 |
| 七律·晋祠游 | /43 |
| 七律·咏晋祠千年周柏 | /44 |

## 寄怀篇

| | |
|---|---|
| 五绝·国门处驻足 | /47 |
| 七绝·哀外交家钱其琛 | /48 |
| 七绝·仲秋有感 | /49 |

# 目 录
CONTENTS

七绝·初冬夜闲吟兼步韵无尘子　　　　　　／50

七绝·依韵槐公并谢七子　　　　　　　　　／51

七绝·漫步雪乡　　　　　　　　　　　　　／52

七绝·夜宴寄咏　　　　　　　　　　　　　／53

七绝·秋景　　　　　　　　　　　　　　　／54

七绝·菊咏兼步尼山子韵　　　　　　　　　／55

七绝·步韵尼山子《槐公邀茶》　　　　　　／56

七绝·赞玉雕艺术　　　　　　　　　　　　／57

七绝·参观抗美援朝纪念馆有感　　　　　　／58

七绝·再谢诗友赠玉　　　　　　　　　　　／59

七绝·岁末病重闲吟　　　　　　　　　　　／60

七绝·新年有字兼步韵艮公　　　　　　　　／61

七绝·小红灯笼　　　　　　　　　　　　　／62

七绝·六如初聚，步韵云畔采薇　　　　　　／63

五律·咏枫　　　　　　　　　　　　　　　／64

五律·答谢置酒社家人赠玉兼步凌公韵　　　／65

五律·答钢都七子赠玉并致谢　　　　　　　／66

# 目 录
CONTENTS

| | |
|---|---|
| 五律·岫岩清凉山小学捐资助学 | /67 |
| 七律·咏鸡 | /68 |
| 七律·悼女飞行员余旭 | /69 |
| 七律·痛悼李惠 | /70 |
| 七律·漫步春雪夜 | /71 |
| 七律·小恙赴京，愈后闲吟 | /72 |
| 七律·盼儿再相聚 | /73 |
| 七律·迎新年 | /74 |
| 七律·雪乡咏怀 | /75 |
| 七律·为三道茶大姐画配诗 | /76 |
| 七律·纪念长征胜利八十周年 | /77 |
| 七律·题赠娄底三泰新材李总 | /78 |
| 七律·挽同学李德民 | /79 |
| 七律·早春赋，步三姐韵 | /80 |
| 七律·购年货 | /81 |
| 七律·置酒社收官感怀，步九妹韵 | /82 |
| 七律·十年寒窗 | /83 |

## 目 录
CONTENTS

| | |
|---|---|
| 七律·参观辽沈战役纪念馆感怀 | /84 |
| 七律·抗洪战士 | /85 |
| 七律·鹊桥之上 | /86 |
| 七律·"九一八"感怀 | /87 |
| 七律·与诸兄海边小酌 | /88 |
| 七律·赞书法家董洋 | /89 |
| 七律·感时 | /90 |
| 七律·置酒听琴诗社初冬雅聚 | /91 |
| 七律·深圳参观改革开放四十周年展览 | /92 |
| 七律·喜迎新春 | /93 |
| 七律·相约己亥春雪 | /94 |
| 七律·五四运动百年留字 | /95 |
| 七律·观牡丹,步忠奇兄韵 | /96 |
| 七律·读《槐荫往事》有感 | /97 |
| 七律·六一儿童节忆童年 | /98 |
| 七律·端午节怀屈原 | /99 |
| 七律·闻长宁地震遥念同胞(新韵) | /100 |

# 目录
CONTENTS

七律·鸭绿江畔党旗红　　　　　　　　　　　/ 101
七律·抗美援朝纪念馆留字　　　　　　　　　/ 102
七律·华宇诸兄弟鸭绿江边小聚　　　　　　　/ 103
七律·听张薇老师讲党史　　　　　　　　　　/ 104
七律·建党九十八周年颂歌　　　　　　　　　/ 105
七律·鞍钢开工七十周年诗词征文颁奖有贺　　/ 106
七律·建军节咏解放军　　　　　　　　　　　/ 107
七律·与诸兄雅聚奉拈"不"字，且入句首　　/ 108
七律·酬谢千华六老赠玉　　　　　　　　　　/ 109
七律·酬谢七姝姐妹赠玉　　　　　　　　　　/ 110
七律·自嘲　　　　　　　　　　　　　　　　/ 111
七律·酬倚岫听风诗社诸兄妹赠玉　　　　　　/ 112
七律·为元华履新送行并共勉　　　　　　　　/ 113
七律·合肥参加中外企业文化峰会有感　　　　/ 114
七律·与老友相聚合肥席间留字　　　　　　　/ 115
七律·参观渡江战役纪念馆有寄　　　　　　　/ 116
七律·与外地员工共度新年　　　　　　　　　/ 117

# 目 录
CONTENTS

| | |
|---|---|
| 七律·己亥岁暮感怀 | /118 |
| 七律·好友建军兄回攀钢有赠 | /119 |
| 七律·题图寒夜探梅 | /120 |
| 七律·题图杨柳荡千 | /121 |
| 七律·题图闲亭对弈 | /122 |
| 七律·题图庭院观花 | /123 |
| 七律·题图水阁梳妆 | /124 |
| 七律·题图碧池采莲 | /125 |
| 七律·题图桐荫乞巧 | /126 |
| 七律·题图琼台玩月 | /127 |
| 七律·题图重阳赏菊 | /128 |
| 七律·机场接爱女回家过年 | /129 |
| 七律·送外地员工返乡与家人团聚 | /130 |
| 七律·外地员工除夕坚守岗位有感 | /131 |
| 七律·闻鞍钢医生奔赴武汉救援留字 | /132 |
| 七律·机场送爱女有感 | /133 |
| 七律·别样元宵夜 | /134 |

# 目　录
CONTENTS

| | |
|---|---|
| 七律·哭送李华忠总经理 | / 135 |
| 七律·生辰感赋 | / 136 |
| 七律·欢迎逆行者凯旋 | / 137 |
| 七律·政协组织为社区抗疫人员捐赠 | / 138 |
| 七律·与老友相聚南山草堂 | / 139 |
| 七律·送好友杜斌履新 | / 140 |
| 七律·诗酬庆雪兄赐墨宝 | / 141 |
| 七律·母亲节怀念母亲 | / 142 |
| 七律·儿童节感怀 | / 143 |
| 七律·观岫岩玉雕艺术随感 | / 144 |
| 七律·建军节抒怀 | / 145 |
| 七律·与老友夜宴欢聚 | / 146 |
| 七律·诗赠凌旭兄 | / 147 |
| 七律·酬谢各位诗友赐玉 | / 148 |
| 七律·因病住院留字 | / 149 |
| 七律·病中吟 | / 150 |
| 七律·病愈感妻 | / 151 |

# 目　录
CONTENTS

七律·病愈出院吟怀　　　　　　　　　　　　/ 152

七律·岁暮感怀　　　　　　　　　　　　　　/ 153

七律·与员工同贺新年　　　　　　　　　　　/ 154

七律·痛悼许治惠老先生　　　　　　　　　　/ 155

七律·用古人句"乱分春色到人家"　　　　　 / 156

七律·喜迎辛丑春节　　　　　　　　　　　　/ 157

七律·与就地过年员工共度除夕　　　　　　　/ 158

七律·除岁　　　　　　　　　　　　　　　　/ 159

七律·小女因疫情不能回家过年　　　　　　　/ 160

七律·小型员工响应号召留鞍过年　　　　　　/ 161

七律·牛年初雪　　　　　　　　　　　　　　/ 162

## 酬唱篇

七绝·贺《冰天集》三卷出版　　　　　　　　/ 165

七绝·贺置酒听琴结社一周年　　　　　　　　/ 166

七绝三首·贺红楼梦学会立社兼步凌虚子韵　　/ 167

# 目 录
CONTENTS

| | |
|---|---|
| 七绝·贺三姐《娴雅集》付梓 | / 168 |
| 七绝·贺宝得中学诗社成立 | / 169 |
| 七绝·贺延章兄新书出版 | / 170 |
| 七绝·贺楹联学会年会 | / 171 |
| 七律·贺张钧兄《千华诗草》付梓 | / 172 |
| 七律·贺丽娟妹妹芳辰 | / 173 |
| 七律·小鱼儿、紫烟生日宴会留字 | / 174 |
| 七律·贺中国企业文化研究会长沙峰会召开 | / 175 |
| 七律·贺楚晨馨文大婚 | / 176 |
| 七律·贺齐公晓阳七秩大寿 | / 177 |
| 七律·槐公古稀寿咏 | / 178 |
| 七律·贺《花间词》付梓 | / 179 |
| 七律·贺冬日千华老兄古稀寿 | / 180 |
| 七律·贺湛宽兄《忍泪吟》出版 | / 181 |
| 七律·六如诗客雅聚周年有贺 | / 182 |
| 七律·《九曲流觞》付梓感怀 | / 183 |
| 七律·贺凌公《散淡吟》出版 | / 184 |

# 目 录
CONTENTS

七律·槐公诗集刊发有寄 / 185
七律·尼公《诗经体廿四节气歌》发行有贺 / 186
七律·贺《澄心斋吟草》付梓 / 187
七律·诗贺《大型总厂之声》党建联盟报纸创刊 / 188
七律·贺《六合清音》诗集付梓 / 189
七律·贺《秋实诗草》付梓 / 190
小律·初五迎财神 / 191

**跋** / 192

# 远足篇

## 七绝·佳宁生态园赏梨花

飞花乱入竞芬芳,
缀满枝头惹蝶忙。
已借东风春意染,
东风又酿柳丝长。

## 七绝·万柳河吟

涤荡天风探浅春,
清波钓起柳丝新。
无端玉屑由谁惹,
却是桃花正出巡。

# 七绝二首·春日千华山寻冰凌花有感,步无尘子韵

## (一)

金盅一盏托初春,
几点鹅黄出俗尘。
我自随风邀妙境,
山中采梦共谁人。

## (二)

培桃栽柳暖芳春,
踏得微风足染尘。
枝上两三新绿探,
悄将水墨慰山人。

## 七绝二首·春日踏访石龙庵

### (一)
空山寒寺一枝春,
隐约风烟看世尘。
古庙深居清几许,
谁能唤醒梦中人。

### (二)
烟雨蒙蒙犬吠春,
湖光岭色绝红尘。
孤高欲作渔樵隐,
冷眼旁观世上人。

## 七绝·闲游弓长岭

长岭如弓射直钩,
山中约我远年流。
酌泉不与红尘扰,
醉入诗笺向墨酬。

## 七绝二首·畅游岫岩仙人谷

### (一)

流泉拥起万花开,
可是飞仙乘兴来?
直入人间迷去路,
耳听笑语互惊猜。

### (二)

仙人指路上高台,
欲拟心怀此处栽。
他日清风山浸染,
我拈一束谷中来。

## 七绝二首·龙泉山庄漫步

### （一）

天泉直下过龙潭，

醉卧青峰望蔚蓝。

疑是云中谁作画，

偷来一月二添三。

### （二）

民风路上玉都探，

顺手乡情堆满篮。

捡绿拾红调色彩，

清幽一捧种江南。

## 七绝·山西咏面

扯缕时光细揉团,
雪花堆案擀长宽。
热情煮沸人间味,
双箸摇波水几竿。

## 七绝·大同古城远眺

大同老城怀古情,
兵家要塞各纷争。
而今风雅观光地,
尽展英贤三晋行。

## 七绝·夜游古北水镇

相邀夜色许身闲,
一水一风苍翠间。
频顾霓虹蜃楼辨,
仙宫入梦不知还。

## 七绝·过乾坤湾

欲问黄河第一湾,
乾坤之上可曾攀。
心填丘壑登高望,
纵意奔腾赋远山。

## 七绝·平型关战役遗址悼115师将士

日寇猖狂霸晋东,
中华到处出英雄。
血梁铸起铜墙壁,
留驻精魂天地风。

## 七绝·俯瞰老牛湾城堡

欲见当年烽火传,
望河楼上敛风烟。
闲敲石板听消息,
恰有秋声借地先。

## 七绝·咏忻州古城

一方汉瓦隐遗尘,
顺迹杨家访本真。
谁记忻州烽火事,
城垣印刻往来人。

## 五律·鸭绿江观国家皮划艇集训

飞征一叶舟,
独坐数沙鸥。
顶日追惊浪,
凌烟立壮猷。
拼将千里梦,
搏击几多秋。
欲寄雄心去,
江中任所投。

## 五律·咏婺源篁岭

篁岭泼油画，
天街落锦花。
云担千垄梦，
匾晒一村霞。
信步收秋意，
随风揽月华。
依然乡土味，
才是故人家。

## 五律·莲花峰远眺

一朵青莲绽,
千重紫气悬。
驰怀皆景色,
极目尽松烟。
何处飞龙在,
谁人绝顶先。
无须寻壮阔,
望远有长天。

## 七律·山庄雅聚

相约山间聚一堂,
随风自在揽云庄。
枝头残雪飘三径,
篱下空怀布几行。
渐觉欢颜杯底浅,
犹知老圃友中长。
推开岭树千重踏,
墨染诗情更暖香。

## 七律·关门山采风

双峰对峙任穿行,
险要山门领一程。
云雾微飘鸣翠谷,
花香惹醉引豪情。
风光总在刚柔济,
水镜当知虚实呈。
径尽幽深三两里,
回头绝处看逢生。

## 七律·咏绿佳泰葡萄主题公园

一瞥春波绿眼眸,
葡萄滴翠照晴柔。
轻拈秋韵添枝叶,
细捻雅芳润齿喉。
恰有玲珑陶我醉,
何知灿烂累心酬。
几番写意兴难尽,
满目诗情入画流。

## 七律·苗圃芦花赞

雨打花香春谢暮,
雁翱芦海扭纤腰。
流光摇落催人意,
枝叶逍遥报信潮。
远望云苗诚是客,
听闻草木不终宵。
佳时正满一轮月,
笑与清霜共祝尧。

# 七律·瞻鸭绿江断桥

站在江边思绪长，
硝烟散尽饱风霜。
断桥之上存佳话，
焦土之中漫别肠。
多少英雄豪气抖，
万千儿女劲弓张。
舍身守住家门口，
哪个豺狼不自量。

## 七律·安徽西递宏村游记

一水西流两地连,
山川化境入香笺。
桃花源里人家在,
中国画中光影旋。
古屋百年犹气势,
徽班千载已风烟。
心随天籁归来去,
碧宇寻芳我做仙。

# 七律·闲游新安江水画廊

眼观山水入长廊，
画卷铺来浓淡妆。
两岸勾描施五色，
九砂点缀定千章。
轻身走过村庄里，
瘦笔敲开思绪旁。
忘了俗尘多少事，
唯留一段在诗香。

## 七律·登黄山看奇峰

门立青松迎客来,
莲花一朵玉屏开。
仙人指路登山去,
苏武牧羊飞石猜。
信步风前题小句,
放怀峰顶寄高台。
且随云海攀梯上,
身近东君好梦栽。

## 七律·岫岩水巷览胜

天造江南一色幽,
引来多少放歌喉。
山风自把悠闲坐,
水巷还将秀丽收。
更领清心行十里,
相随静处到双眸。
谁言尘世无诗景,
北国乡村作梦酬。

## 七律·光明顶望远

有心欲上光明顶,
揽过天风或可乘。
望去群峰皆在侧,
推开雾海引新征。
惊魂险道垂苍霭,
振臂欢声展大鹏。
我自云中缘一梦,
轻烟远眺问谁能。

# 七律·坐网红小火车穿越西海大峡谷

一列火车穿峡过,
半溪翠伞绿云深。
身心渐入虚无境,
名利都随缥缈音。
莫愧清风寻净地,
休将俗事立儒林。
人生往返如斯是,
步履匆匆赶到今。

## 七律·咏岫岩龙泉湖

青山小坐水鸣弦,
可为谁人设绮筵?
绿满眸中盈秀色,
香穿袖底醉神仙。
随波挽起层云浪,
出岫收来一岭烟。
撒落风前吹未散,
分于左右惠龙泉。

# 七律·普陀山忆游

山门一道觅和柔，
吹落清风自解忧。
世上几多生死劫，
人间是处有无求。
樟楠立影微微漾，
兰杜凝香杳杳酬。
涤尽心尘重阔步，
相围翠竹启身修。

## 七律·太湖遇台风漫步

风行水上靠船旁,
浪打心房寄一方。
听得疾声呼啸去,
跟随飞鸟往来量。
鱼闲波里嚼云缓,
步踏林中敲韵长。
又见双凫划碧色,
流萍芳草耀湖光。

## 七律·城隍敬香感赋

庙堂烟火并纷飞,
重价高香愿已违。
天道无私谁可定,
人神本善意当归。
尘缘不舍功和过,
风雨何堪是与非。
静气清心参佛去,
祥光好运镀金辉。

# 七律·游宽甸百瀑峡

寻芳踏入峰峦境,
远近飞烟喜送迎。
一首山河交响曲,
千年岁月滴成声。
扬花卷起层层雪,
叠瀑奔流滚滚情。
容我心随呼啸去,
云帆高挂更分明。

## 七律·与鞍钢七子同游燕赵

听见秋风隔岸呼，
雄关催我又登途。
欲将千里豪情访，
幸有七贤长梦驱。
燕赵悲歌犹在耳，
山河放迹做狂夫。
此间纵意何须敛，
尽把身心入画图。

## 七律·咏金山岭长城

铜墙一面锁峰头,
十里金山放眼眸。
塞上长龙经雪雨,
云中飞岭历春秋。
屯兵百载狼烟尽,
鏖战千般剑影留。
镇守城关安敢卧,
倾心京蓟壮神州。

## 七律·咏大同悬空寺

翠屏掩壁寺玄通,
谁架飞橡鬼斧工。
石级扶摇登佛殿,
云梯起伏接仙宫。
遥听梵语迎风动,
俯瞰苍烟过眼空。
天上人间行一步,
相生虚实静观中。

## 七律·平型关大捷

华北硝烟漫卷中，
平型岭上列英雄。
当为国难拼群力，
只此民思向大同。
百世沉浮明历史，
一关烙印记遗忠。
手擎日月心悬剑，
今又旌旗猎猎风。

## 七律·游老牛湾随感

天地为盆山水栽,
老牛湾下自然裁。
长江一握黄河手,
画卷横飞玉镜台。
乘兴随风深处访,
放怀探谷此时来。
曾经大禹家门绕,
今日犹听万里才。

## 七律·忻州古城墙览胜

万里烽烟曾遣兵,
三关总要一都城。
重檐映照沧桑事,
古邑延伸天地情。
久立垣墙思渺渺,
频瞻垛口叹轻轻。
刀光剑影随流水,
书尽欢歌享太平。

## 七律·秋登娘子关古城墙

平阳千里设藩屏,
守护家门抵万兵。
娘子关前谁敢闯,
古城堡下脉相擎。
当寻遗迹追豪壮,
紧握高风向太清。
看我河山春浪涌,
烽烟散尽报秋声。

## 七律·晋祠游

欣游三晋古风频，
一处宗祠足可循。
鱼沼飞梁承世事，
龙盘雕木烙年轮。
随波拾起无中有，
信手拈成果或因。
犹记曾经来此地，
蓦然回首帐前尘。

## 七律·咏晋祠千年周柏

古柏斜依天地撑,
风霜浸润更葱菁。
千年灵气盘根立,
八面晴光劲骨横。
得见祥云飞到处,
且随沧海落平生。
今来晋谒参新景,
隐隐青山百鸟鸣。

# 寄怀篇

## 五绝·国门处驻足

红旗耀国门,
铁骨叩昆仑。
遥望江边岸,
涛声慰古魂。

## 七绝·哀外交家钱其琛

痛悼钱君驾鹤行,
斡旋困局震雷霆。
半生儒雅半生傲,
摘得勋章北极星。

## 七绝·仲秋有感

一轮朗月助君行,
屈指三秋往复萦。
今日杯中遥对影,
依稀故里数天明。

## 七绝·初冬夜闲吟兼步韵无尘子

风衔鹤羽落青身,
拾取梅香望月沦。
剪断柔肠谁识我,
听琴莫若一闲人。


注：鹤羽，古人多用以指雪花。青身，谓为人清正。

## 七绝·依韵槐公并谢七子

剪影盈窗映一年,
高香枣酒敬群贤。
诗风吹动灵犀笔,
任我痴狂三百篇。

## 七绝·漫步雪乡

雪舞纷飞裹素装,
凝眸结玉看风扬。
声催腊鼓敲春醒,
欲拾梅心觅暖香。

## 七绝·夜宴寄咏

老友相逢旧梦扬,
挥毫作赋酒添香。
擎杯入座斟烟雨,
一曲长歌步晚凉。

## 七绝·秋景

叠嶂层林尽染秋，
一溪碧影韵长流。
只今唯有真颜色，
得见山枫水墨稠。

## 七绝·菊咏兼步尼山子韵

金茎玉蕊瘦何如,
水色知寒绕故都。
淡有清香飘逝远,
芳容葬土立身孤。

## 七绝·步韵尼山子《槐公邀茶》

杯斟旧事溢年光,
旧友相知煮沸汤。
雪映槐荫情似旧,
吾来书屋旧茶香。

## 七绝·赞玉雕艺术

顽石终于天地昭，
凝成玉骨匠心雕。
风刀一把谁人握，
自是寻缘路不遥。

# 七绝·参观抗美援朝纪念馆有感

当年烽火刻时光,
为了和平上战场。
走出家门家国守,
中华到处勇儿郎。

## 七绝·再谢诗友赠玉

遍寻锦句墨开筵,
笔架拂云书一篇。
今日收来千个福,
声声催作莫停鞭。

## 七绝·岁末病重闲吟

大病临头百兆无,
陡惊魂魄近将枯。
劫波过后真身在,
功利随风不妄图。

## 七绝·新年有字兼步韵艮公

人生辗转叩心关,
深浅留痕亦恍然。
今又牵牛犁梦里,
东风助力怎须鞭。

## 七绝·小红灯笼

攒朵时光放夜空,
笼纱渐出映轻红。
心随跳动涂颜色,
浸满丹霞化盛隆。

## 七绝·六如初聚,步韵云畔采薇

舟摇玉水向尼山,
两地沧桑一字还。
且见梅心堪入海,
清然笔下赋悠闲。

## 五律·咏枫

落尽繁华去,
妆成一叶红。
沉浮更替老,
悲喜散飞空。
振鹭行洲野,
游凫向苇丛。
飘然秋梦起,
展翅啸金风。

## 五律·答谢置酒社家人赠玉兼步凌公韵

挑灯收月也,
剪梦拂云乎。
笔下情真此,
怀中意自殊。
千言千韵语,
一字一心珠。
掸却沉浮净,
尘襟淡已无。

## 五律 · 答钢都七子赠玉并致谢

钢都尊七子,
得幸识贤侯。
翰墨挥沧海,
诗词慰白头。
心怀天下略,
笔握古今秋。
笑傲平生事,
清风自作酬。

## 五律·岫岩清凉山小学捐资助学

总有牵怀事,
书声朗朗时。
车行犹渐近,
心至恐来迟。
学子殷勤望,
深情次第追。
且邀风助力,
天地在人为。

## 七律·咏鸡

一放高歌唱崭新，
丹冠振羽抱清晨。
穿云激荡八方曲，
向日昂扬五德身。
雄雉于飞鸣路远，
锋芒不敛道情真。
护雏敢斗鹞鹰武，
志在青天醒世人。

## 七律·悼女飞行员余旭

凌空万里越星河,
孔雀西飞殒玉娥。
歼十纵横悲折翼,
战鹰驰骋怒挥戈。
青山有意留风骨,
碧水无心掩泪波。
天悼香魂当此际,
瑶台之上恸军歌。

## 七律·痛悼李惠

欲言已是悲声噎,
鹤唳三更成永诀。
咫尺无缘泪眼蒙,
天涯自此音颜绝。
心随肠断恨千重,
意向情思收百结。
不忍堂前那一躬,
阴阳两世土中折。

## 七律·漫步春雪夜

万盏华灯卧伏龙,
蟾光映照欲腾冲。
疏星染梦穿林过,
朔雪飞花落叶逢。
纵使霜侵浑不惧,
何堪岁老自从容。
空山独我听春语,
一任尘情风入松。

## 七律·小恙赴京，愈后闲吟

沉疴久日乱清眸，
病倦寒冬屋中囚。
叹此良贤安静气，
唯风冷夜袭凉喉。
京城圣手春光引，
医者仁心妙术酬。
我意达成天地照，
驱魔一梦朗身留。

## 七律·盼儿再相聚

最是别离难入梦,
清愁渐起冷寒春。
驱车百里平安路,
饮泪三杯惆怅人。
年少奔忙何问苦,
老时团聚自成珍。
遥心千万相思语,
只待山花送诲谆。

## 七律·迎新年

爆竹千声震普天,
繁花散落逝如烟。
酬君壮志疏狂弄,
尽我豪情坦荡填。
往事斟空明月色,
俗尘掸却静心莲。
金猴捧醉乘云去,
鸡唱开元拜大年。

## 七律·雪乡咏怀

夜沉如昼晚风凉，
月瑟秋寒鬓发霜。
篝火辉煌追旷远，
星辰灿烂拥真香。
静心铺墨毫笺寄，
映雪思篇世事量。
抖落银袍覆尘净，
著诗赏景步韶光。

## 七律·为三道茶大姐画配诗

淡绿疏黄曳彩旌,
诗心借笔御风行。
萧萧落木霜侵入,
细细盈窗墨横生。
日满余晖添楚地,
情归故土叩秋声。
扶筇掬尽林间露,
洒向凡尘亦轻轻。

# 七律·纪念长征胜利八十周年

烽烟数载堪何忆?
八十春秋痛笔斯。
墨染乾坤亡国恨,
情飞寰宇烈魂悲。
炎黄代代冤仇结,
倭寇斑斑劣迹为。
清算豺狼新旧账,
中华崛起正当时。

## 七律·题赠娄底三泰新材李总

敢上云峰最上头,
携来光景创新游。
合金轧辊谁堪悟,
槽角螺纹日以修。
笔蘸墨香书浩气,
神凝臂腕畅深秋。
风开画卷欣然展,
惊看青山已满楼。

# 七律·挽同学李德民

君意难酬故影寻,
悲来哽恸德民沉。
人将远去风弹曲,
情欲长留梦牵衿。
常忆嬉娱童趣事,
但书旷达子牙琴。
素笺寄托哀思泪,
烈酒花前慰我心。

## 七律·早春赋,步三姐韵

灵芽点点启歌唇,
不畏微寒洗雪尘。
探访清风频送暖,
挑开小雨亦含颦。
欲耕温润天时好,
且种芳菲草色新。
细酌兰词生气韵,
邀回燕子剪初春。

## 七律·购年货

风吹梅朵报春先，
驱土除尘过大年。
眼望人山攒影动，
门迎宾客举家颠。
一张福字朝阳满，
千里归期倦鸟还。
看把祥和收己有，
香飘街巷喜团圆。

## 七律·置酒社收官感怀,步九妹韵

一盏浓情邀我醉,
流光剪梦漫书楼。
心随方寸听琴抚,
字索仄平添趣酬。
更惜因缘成手足,
欲行岁月慰秋眸。
瑶池尽洒桃花酒,
酿作春波画不羞。

## 七律·十年寒窗

钟鸣五鼓启书房,
不畏风寒冷若霜。
万丈楼前空见影,
十年灯下只为强。
心筹大略谁能晓,
墨聚才华名始扬。
忽在邻家逢苦学,
几曾方似幼时郎。

# 七律·参观辽沈战役纪念馆感怀

沧桑记取那年秋,
霜雪缘何两鬓愁。
老去依然擎傲骨,
重归怎不抢明眸。
纵横四海风云竞,
遍布三江气宇筹。
勤政爱民严律己,
英魂报慰耀神州。

## 七律·抗洪战士

滚滚洪流卷浪狂,
城乡水淹变汪洋。
天倾骤雨房倾倒,
地出奇兵巢设防。
头顶乾坤擎志举,
肩担道义救民忙。
楚风又谱英雄曲,
何必留名自颂扬。

## 七律·鹊桥之上

七夕悲歌可断肠,
由来聚散恨无常。
今朝相会星河近,
明际分离天地长。
欲寄云笺留小字,
难书尺素了愁觞。
鹊桥之上谁能渡,
月到圆时夜自香。

## 七律·"九一八"感怀

骤起硝烟尽日昏,
卢沟炮响震乾坤。
常思史迹雕真印,
欲借风刀刻重痕。
壮志三江凝玉骨,
悲歌一曲摄山魂。
荣华岂忘英雄意?
剑指龙光守国门。

## 七律·与诸兄海边小酌

惯看人间万事休,
心存静气顿然收。
冰霜何惧平常待,
山水当须自在留。
酒兴邀兄呼日月,
风来振翅动云舟。
赋诗且壮英雄胆,
狂饮三杯再直钩。

## 七律·赞书法家董洋

点竖横钩笔下狂,
钢都骄子墨生香。
清风铺就寻贤士,
妙手勾来展锦章。
更借柳颜筋骨立,
且将书画本心扬。
兰亭一梦今非醉,
迭起闲情得味长。

## 七律·感时

秋声一唱醉蓬莱,
早有青山座上来。
与我推杯倾万里,
看君横笔纵千回。
平生得意诗词味,
此去忘忧风雨台。
何不舒怀留自在,
并将霜冷趁时开。

## 七律·置酒听琴诗社初冬雅聚

置酒初冬恐未迟,
亲缘再续慰相知。
轻斟岁月吟前事,
慢品沧桑落小词。
片叶飞旋辞树晚,
流云散淡有心痴。
勾来一笔添闲趣,
只为听琴了我思。

# 七律·深圳参观改革开放四十周年展览

卅载风云过万千，
大潮奔涌势当前。
横刀岁月堪无畏，
立马昆仑敢为先。
强国强军民所愿，
航天航海道谋篇。
复兴中华酬明志，
德政功勋史册圈。

## 七律·喜迎新春

灯笼高挂月垂钩,
送下天蓬诸事酬。
自把浑圆生福禄,
还将仁厚散宽柔。
倾杯不拂新春醉,
尽兴当须此日留。
今岁笑谈丰盛满,
来年再论竞谁优。

## 七律·相约己亥春雪

临窗小坐望长天,
谁与瑶宫设锦筵。
端盏冰杯倾白练,
拈枝玉挂挑朱弦。
眼中扫落冬风后,
笔底飞扬春色先。
煮茗扶炉犹意暖,
征程再上又青年。

## 七律·五四运动百年留字

百年五四历风霜，
复兴中华未可量。
文化掀开新革命，
真知探索富康庄。
平生何以青春绽，
万里应随大任当。
且看篇章谁谱写，
先锋路上有儿郎。

## 七律·观牡丹,步忠奇兄韵

隐迹山间十里香,
移栽庭院浸芬芳。
冰心入梦违君意,
国色倾城贬洛阳。
浴火重生清骨染,
红装更透壮怀狂。
花仙傲视春秋日,
游客情迷醉豫乡。

## 七律·读《槐荫往事》有感

手捧诗章思绪稠,
勤耕笔墨白盈头。
书山难忘军中旅,
炉火高扬鬓里秋。
且把松风千卷扫,
聊将夕照一杯收。
槐荫连碧清凉幸,
史上雄才本姓周。

## 七律·六一儿童节忆童年

红旗一角梦初成,
年少无愁苦上行。
烧火劈柴常历历,
喂鸡养鸭复营营。
弹球可比玻璃翠,
踢盒难寻土路平。
偶把光阴重拾起,
童心未泯幼时情。

## 七律·端午节怀屈原

门挂桃枝福满迎,
汨罗江岸涌忠清。
青山识得英雄气,
大地喷将慨叹声。
犹记九歌悲故曲,
更留千字慰高情。
斟杯岁月随香问,
谁在端阳发一鸣。

## 七律·闻长宁地震遥念同胞（新韵）

天公震动危长宁，
心系同胞祈紫冥。
手捧清风开混沌，
情牵蜀道痛凋零。
劫波渡尽亲人在，
霜雨经时众力倾。
党率军民家待整，
一方号子和声声。

## 七律·鸭绿江畔党旗红

党旗一展站风前,
昂首凝神举右拳。
牢记终生曾立誓,
应随当下敢为先。
初心不改筹谋定,
梦想飞扬意气宣。
且绘宏图江水入,
鳌头之上更加鞭。

# 七律·抗美援朝纪念馆留字

半岛纷争震宇寰，
八方浴血闯难关。
三年炮火保家去，
百万旌旗为国颁。
往事尘封昭日月，
他乡叶落护河山。
雄师千里曾驱虎，
利剑扬威风雪颜。

## 七律·华宇诸兄弟鸭绿江边小聚

沙推碧浪卷层波,
助力豪情兄弟歌。
对酒斟杯三百少,
临风乘兴一秋多。
曾经岁月随江涌,
每向烟云感友呵。
此处霞光添溢彩,
洪流奔去更相和。

## 七律·听张薇老师讲党史

自力更生七十年，
中华崛起道开先。
聆听党史群情奋，
细品精神正气还。
是古修身成伟业，
而今跃马著新篇。
红旗高举江山丽，
不忘初心日月悬。

## 七律·建党九十八周年颂歌

红船破浪向朝阳,
见证中华透曙光。
自信挥戈能退日,
何妨振臂得流芳。
英魂永驻求真理,
血色凝成印党章。
使命担当存大义,
初心不忘铸辉煌。

注:"自信挥戈能退日"借朱德诗句。

## 七律·鞍钢开工七十周年诗词征文颁奖有贺

诗坛雅韵竞称雄,
且看钢都入化功。
唐宋遗风留万卷,
古今绝唱悟无穷。
谁言笔墨山河尽,
自有文章意气丰。
铁水飞花扬国粹,
持鞭莫笑白头翁。

## 七律·建军节咏解放军

猎猎旌旗染九州,
英雄不负此生谋。
南昌炮火惊天地,
井冈会师蕴远筹。
小米步枪驱敌寇,
平津围剿在新秋。
今朝中华强军梦,
重器精装鸣钺鸥。


注:"冈"字,因特定词语出律不改。

## 七律·与诸兄雅聚奉拈"不"字,且入句首

不辞秋意释肝肠,
轻叩诗声印字香。
随处关情寻锦句,
何妨借梦得文章。
人言岁月催人老,
我道襟怀纵我狂。
筹笔二三杯酒趣,
拂云一卷记时光。

## 七律·酬谢千华六老赠玉

人生莫道夕阳晚,
灯烛流光泛紫霞。
坐阅沧桑添六老,
修成自在续千华。
松风有伴南山鹤,
骥足何辞曲水家。
总把清闲藏笔下,
相邀一醉访梅花。

## 七律·酬谢七姝姐妹赠玉

高山有意抚瑶琴,
欲把冰心沁水深。
一叶乘风拈锦字,
七姝秀蕊落清砧。
花间弄影可知语,
笔底留痕谁为音。
相识良朋墨添趣,
愿将本色入秋霖。

## 七律·自嘲

平仄推敲冬复春,
痴痴一个假诗人。
天生倔强柔肠赋,
性本刚坚老鬓辛。
悟得禅心怜暮色,
修成词笔近梅邻。
而今欲把年华付,
淡泊功名寄此身。

## 七律·酬倚岫听风诗社诸兄妹赠玉

碾碎韶华逝水流,
痴情安放在金秋。
拂云自得随心意,
弄笔相宜醉眼眸。
倚岫知交千境拾,
听风入梦一痕收。
结缘只为诗中趣,
笑看沧桑好系舟。

## 七律·为元华履新送行并共勉

望见深秋北雁翩,
人来人去本随缘。
而今欲把纵横踏,
于此休将过往迁。
滚滚红尘期所愿,
滔滔碧水问流年。
羡君借得如椽笔,
他日功成好梦圆。

## 七律·合肥参加中外企业文化峰会有感

喜迎峰会聚庐城,
恰是恢宏久立名。
十几国家联友谊,
百余企业纳精英。
同堂博采知长短,
共话才能识戾盈。
借得风云挥意气,
豪情壮我上新程。

## 七律·与老友相聚合肥席间留字

满地银黄别晚秋,
相邀俊杰会庐州。
纵然窗下凉风起,
犹是杯中暑气投。
世纪金源贤达聚,
华年盛景壮心酬。
豪情未尽今交付,
何不征衣楼外楼。

## 七律·参观渡江战役纪念馆有寄

迎风冒雨意相随,
面向巢湖矢志追。
壮气凝魂谋大略,
寒江筑梦立丰碑。
雄心何惧横天险,
伟业当能劲骨为。
百万之师犹耳畔,
苍穹涕泪别君垂。

## 七律·与外地员工共度新年

叫声兄弟动肝肠,
今夜斟杯话短长。
自是同心收佳绩,
当为阔步骋康庄。
三年积聚攀高志,
一纪开端向远方。
且把钢花经淬砺,
浇来劲骨更清狂。

## 七律·己亥岁暮感怀

犹记当年有志和，
尚存豪气趁消磨。
心辞千里仍千里，
途过一坡又一坡。
自把风霜藏鬓雪，
还随岁月待春涡。
回头笑看诸多苦，
酩酊之时任放歌。

## 七律·好友建军兄回攀钢有赠

不畏寒风南北艰，
奔波路上约同攀。
存留历历悬明月，
踏过层层访远山。
两地结缘休论价，
经年有意尽欢颜。
而今转近合家福，
笑领沧桑慰鬓斑。

## 七律·题图寒夜探梅

寒香引路报春知，
借问冰霜到几时。
多少愁眠沉月夜，
悲欢孑立诉梅枝。
谁能解语君王远，
不待迎风岁暮迟。
暗许芳园心下事，
情痴未了做花痴。

## 七律·题图杨柳荡千

凭栏已嗅杏花香,
更见绿丝春路量。
慵理轻衫飞上柳,
遥思故土坐看墙。
秋千回荡飘心梦,
绳索相牵锁寸肠。
耳畔东风吹鸟雀,
声声都作唤爹娘。

## 七律·题图闲亭对弈

三月东风绿叩扉,
流光辗转趁时归。
闲情可解深宫锁,
空室如何棋子围。
手捻春丝分上下,
心裁绮梦落依稀。
亭前小坐家声近,
恐有乡音不敢挥。

## 七律·题图庭院观花

有心室外嗅清香,
扶着软风看柳黄。
近意庭园叹逝水,
凝神桃杏试新妆。
而今又是婆娑景,
自此谁知寂寞肠。
手捻流光谋一笑,
白云深处问同乡。

## 七律·题图水阁梳妆

倾听耳畔入丝凉,
移步池亭妃子妆。
香里花风偷插鬓,
林间竹影巧缝裳。
欲将赊取三分翠,
留待消磨四季芳。
心卷波纹浮水上,
悠闲一段好时光。

## 七律 · 题图碧池采莲

又见春妆换夏妆,
翠莲铺满绿池塘。
流经云水捎千里,
漫过宫墙透一香。
采上几枝心为伴,
拈成万缕梦思乡。
幽居深处洁身好,
尔以清波洗寸肠。

## 七律·题图桐荫乞巧

桐风撩动女儿心，
七夕当时巧手寻。
一束彩针抛水面，
几分灵气绣衣襟。
行将袖底烟云冷，
难得宫中谈笑深。
喜怒无非知取舍，
人间世事有佳音。

## 七律·题图琼台玩月

仲夏晚风清且凉,
星河分列月中央。
心随桂影明空对,
步上琼台绮梦望。
又是一年新景色,
谁知哪处乱人肠。
登高犹见家方向,
想起当时栀子香。

## 七律·题图重阳赏菊

槛外金风左右萦,
香浓襟上步轻轻。
有心摘朵陶家菊,
入梦凝成故土情。
老圃犹知秋渐冷,
深宫聊寄烛微明。
一丛花满妆容色,
自掩年华解语声。

## 七律·机场接爱女回家过年

朝霞一缕透明光,
暖入心怀喜满堂。
雪映千峰知梦寐,
风吹万里返家乡。
为谁牵得此生悦,
有女归来老父忙。
早把冰封融作爱,
甘甜暗品数时长。

# 七律·送外地员工返乡与家人团聚

扛起思情返故乡,
邀风满载岂须忙。
时间捆作高能效,
汗水凝成百炼钢。
行色堪为心路远,
归程更待海天长。
且斟意气当相送,
捷报声声到八方。

## 七律·外地员工除夕坚守岗位有感

迎春喜乐本优悠,
武汉疫情牵九州。
大义员工心有爱,
高风气节假无休。
临危受命坚城守,
聚力螺纹众志酬。
正是齐声擎中华,
肩担一任敢行舟。

## 七律·闻鞍钢医生奔赴武汉救援留字

庚子新春病毒狂,
一声号令不思量。
追随梦想应征旃,
离别亲人赴战场。
天使提灯慈爱引,
国民助力远情扬。
硝烟散尽竞相绽,
朵朵催开白海棠。

## 七律·机场送爱女有感

候机楼中待远航,
新春欢聚剪更长。
可知细细叮咛语,
都作殷殷冷暖裳。
怅别云山千万里,
包藏心念两三行。
送儿安检门前止,
不敢回身恐月凉。

## 七律·别样元宵夜

仰望明空照一端，
星星知我寄平安。
遥心斟上三杯酒，
静夜思过百座峦。
莫负此间升皎月，
怎忘前路渡危滩。
欲将群力风中捧，
顺势关情万里宽。

## 七律·哭送李华忠总经理

齐鲁贤才驾鹤行,
苍龙颔首送归程。
此情恨不能连续,
全力愁难得复生。
昨日襟怀皆作曲,
今朝功业自成声。
春风写就英雄史,
烙上鞍钢盖世名。

## 七律·生辰感赋

朝朝今日有诗香,
回望春秋鬓染霜。
明月高悬知我意,
清风小筑卧山房。
浑然不受功名念,
自在无须家业忙。
只为螺纹牵一累,
弯弯曲曲并天长。

## 七律·欢迎逆行者凯旋

春风十里暖成围,
遍撒新妆制锦徽。
一路相颂英杰至,
千山酬唱凯歌归。
雷神屹立扛仁义,
使命担当映紫晖。
赤胆于心何所惧,
中华大地又扬威。

# 七律·政协组织为社区抗疫人员捐赠

社区防线布营营,
奋战前沿众志成。
口罩遮颜犹最美,
街灯映影更能清。
一人竭力千家守,
双足迎风万事平。
政协同心援以手,
暖身暖爱暖哨兵。

## 七律·与老友相聚南山草堂

莫笑群中老瘦生,
诗词共与九河倾。
贤能伴我南山上,
草色升堂春水横。
一席流光铺小径,
三杯花盏倒清声。
庭园适意收襟底,
香送回家十里程。

## 七律·送好友杜斌履新

三十年来兄弟情,
光阴结伴始羊城。
拼将肝胆酬功业,
不负德才赢盛名。
本念持身天地证,
初心谋事雪霜惊。
从今枕落松风梦,
却有青云更上行。

## 七律·诗酬庆雪兄赐墨宝

笔下荡开千古韵，
一重烟雨一重山。
观其墨迹参禅味，
寻尔诗痕出世寰。
腕底清风龙凤庆，
胸中豪气雪峰攀。
且随字里心声画，
卷落春秋境自闲。

## 七律·母亲节怀念母亲

昨夜清风故里听，
依稀绿满掩飘零。
藤萝倒挂窗前月，
院落低垂篱下屏。
泪打衣襟慈母念，
心随笔墨苦儿铭。
唏嘘不尽相思路，
情系当空数一星。

## 七律·儿童节感怀

虚度韶华何以填,
儿时笑语乐悠然。
一双布履蹬长路,
几个水坑痴少年。
剜菜拾柴林荫处,
捞鱼捉鸟柳河边。
童声最忆鞭炮响,
震动心头万念牵。

## 七律·观岫岩玉雕艺术随感

相逢皆是玉生缘,
可见才思化万千。
高处碧空风月建,
刀间山水口碑悬。
精雕梦里清和浊,
细品痕边缺或圆。
也把身心收拾起,
昏黄剔透两依然。

## 七律·建军节抒怀

两鬓风霜镜里摧,
豪情犹借落霞飞。
初心早向军门立,
白发还将意气归。
一把年光凝本色,
万家灯火映明辉。
而今记忆追红日,
踏遍千山仰国威。

## 七律·与老友夜宴欢聚

欲把真情聚海湾,
风推一浪上层巅。
清心品茗茶香远,
闹市谈天意味先。
饮尽杯中今昔绪,
堆成梦里短长篇。
与时放任青山老,
收付襟怀担满肩。

## 七律·诗赠凌旭兄

坐看斜阳映鬓斑,
凌风负手数流年。
清霜浸满当时样,
旭日生成此日缘。
半世情因源齐鲁,
今宵心已醉琼筵。
且思进退知行远,
一握将来别有天。

## 七律·酬谢各位诗友赐玉

自有群英聚北方,
诗增意气向风扬。
拈来格律挥鸿笔,
对照心怀映夕阳。
趣在相投弘国粹,
情能共赏抱书香。
今成字里云游客,
约上春秋话短长。

## 七律·因病住院留字

疾恙惊来剧痛堆,
但凭天命受风雷。
难知胰腺牵心脉,
怎测身躯响鼓捶。
病骨消侵窗月瘦,
愁容分付暮云醅。
人生莫过多甜苦,
抖擞精神向早梅。

## 七律·病中吟

步入今时五六春,
衍生赘肉病芽伸。
昏沉可是谁人唤?
缥缈何知无数询。
众友奔忙天感动,
至亲急迫爱弥珍。
从容走过一遭苦,
犹见凌云七尺身。

## 七律·病愈感妻

谁慰烦疴试暖凉，
贤妻侍侧感旻苍。
揉肩捶腿摘星月，
熬粥调羹煮太阳。
倾力唤醒昏睡梦，
劳神煲出爱心汤。
夕霞执手相携老，
何问长情怎个量。

## 七律·病愈出院吟怀

积劳终是病缠身,
回看浮生总有因。
可做平常心少累,
能观淡泊眼明真。
自甘尽瘁声名有,
无愧伤神风采沦。
吾愿钢花多绽放,
好邀梅雪喜沾巾。

## 七律·岁暮感怀

一夕一朝行一年，
鬓边白发证风前。
敲平击仄添清趣，
侍草栽花换淡然。
手上流光常整理，
胸中块垒细磨研。
而今且把劳心放，
世事无求散若仙。

## 七律·与员工同贺新年

未到新春意已欣,
螺纹铸梦识诸君。
曾经汗水寒和暑,
犹记时光耕且耘。
今又牵牛来借力,
何妨醉酒去凌云。
杯中斟满疏狂气,
再舞火龙千万斤。

## 七律·痛悼许治惠老先生

痛悉先生驾鹤游,
两行热泪不禁流。
香开国色毫端绘,
气韵丹青声誉留。
犹念每年书易得,
惜知此后画难求。
仁心治惠身前许,
饱蘸真情去未休。

## 七律·用古人句"乱分春色到人家"

风送盆兰二月赊,
乱分春色到人家。
掬香一捧期新岁,
寻梦满庭携德华。
欲问谁知君子意,
还思可品故情茶。
悄声剪朵开元喜,
添至堂前锦上花。

## 七律·喜迎辛丑春节

今把良辰酿半圆,
张灯补上挂新年。
牛牵福运犁千里,
虎越重关待顶巅。
耳畔欢声听不绝,
手端瑞气漫无边。
邀梅并作清香朵,
送至风中到尔前。

## 七律·与就地过年员工共度除夕

小院张灯春味先,
相邀月色伴英贤。
良辰酌酒真情诉,
喜气斟杯好运牵。
早有桃园成故事,
今逢兄弟润心田。
并肩迈向新年景,
紧握东风万里天。

## 七律·除岁

玉扮疏枝映满庭,
烟花报信喜声声。
金牛携瑞犁春路,
子鼠留祥送锦程。
家庆当知天地合,
国强尽是栋梁擎。
有心也做追风客,
遍访流光一笔耕。

## 七律·小女因疫情不能回家过年

拽缕时光慢些走,
迎春路上女儿留。
捎云寄去为娘嘱,
落雪飘来与父收。
一水一山一个爱,
一寒一暑一行忧。
愁心化作烟花散,
只待青春好报秋。

# 七律·小型员工响应号召留鞍过年

年关临近苦含酸,
万里欢愉一影单。
入梦犹飘家味道,
同心可阻毒新冠。
何妨就地迎春至,
自是随风向远看。
送罢瘟神酬日月,
中华齐力寄平安。

## 七律·牛年初雪

漫天大雪地铺银,
六瓣合梅妆吉辰。
瑞气盈门敲万户,
祥光满院映三春。
枝头喜见钢花点,
手上犹添铁翼伸。
韶发何妨常寄意,
金牛犁梦总成真。

# 酬唱篇

## 七绝·贺《冰天集》三卷出版

冰天独领静园柔,
展袖挥毫见壮猷。
一缕清心归故土,
诗词恩泽九州讴。

## 七绝·贺置酒听琴结社一周年

去年置酒聚英贤,
诗海泛舟当领先。
今岁同行宜致远,
听琴一曲种心田。

## 七绝三首·贺红楼梦学会立社兼步凌虚子韵

### （一）

黛钗流韵道情禅，
漫理哀叹问宿缘。
这处相知谁可解，
此中甘苦越千年。

### （二）

拈朵莲花若悟禅，
古今一梦结尘缘。
虚无且任石头记，
幻境推开说旧年。

### （三）

悲喜如风一滴禅，
痴情阆苑怎成缘。
北归宝塔留孤影，
世说沧桑叹昔年。

## 七绝·贺三姐《娴雅集》付梓

春风探绿惹长思,
漫倚心头汇雅姿。
笔入豪情添一抹,
直将翠色满香池。

## 七绝·贺宝得中学诗社成立

细影芊芊绿绕枝,
小荷浅露正当时。
芳华路上才情显,
国粹传承李杜诗。

## 七绝·贺延章兄新书出版

乡村纵意老诗翁,
一卷精深造化功。
悟得民间真善事,
金声掷地御清风。

## 七绝·贺楹联学会年会

风挥笔墨更清妍,
平仄堪能舞大船。
喜见联坛添一秀,
钢城聚雅共词笺。

## 七律·贺张钧兄《千华诗草》付梓

正是秋丰入满仓,
千华诗草撷芬芳。
玉琴一曲风尘扫,
清气三分山色妆。
应惜青春存大梦,
终随岁月载琼章。
词林已醉花间客,
陈酿鸿篇溢酒香。

## 七律·贺丽娟妹妹芳辰

花开时节贺娟辰,
我以清诗送笑痕。
揽月相邀舒酒畅,
擎杯饮尽洒情温。
如来佛祖家和保,
自在观音红运存。
满座高朋同祝寿,
一堂欢聚喜盈门。

## 七律·小鱼儿、紫烟生日宴会留字

欢声笑语绕虾神,
倾倒芳樽贺吉辰。
几许清风邀月色,
两三知己论经纶。
情归於氏佳肴品,
念起真心秋梦巡。
斟满千杯难醉我,
流光不老荡无尘。

## 七律·贺中国企业文化研究会长沙峰会召开

高贤盛会抵长沙,
许我行年梦有涯。
名企结缘交挚友,
雄才置业得英华。
摘来一个枝头月,
映照千条锦上花。
自喜新篇刊字落,
心襟振翅向明霞。

## 七律·贺楚晨馨文大婚

借来瑞雪设华筵,
白首今生化有缘。
卞府吉时张喜事,
楚晨芳讯照婵娟。
馨文种下同心树,
佳偶花开并蒂莲。
合卺传杯情注满,
但期指日抱孙还。

## 七律·贺齐公晓阳七秩大寿

文心清静入奔流,
七秩诗翁飒满楼。
八月香薰为尔寿,
千山红映报天秋。
情怀已是梨花衬,
气度当然艺野收。
纵使韶光昏又晓,
阳春白雪自相留。

## 七律·槐公古稀寿咏

胸藏翰墨寄云秋,
林壑听风本姓周。
不畏权门从警政,
何妨正气遍华州。
槐荫往事拈成趣,
夕照流年摘得悠。
七轶闲身消自在,
春天相约复登楼。

## 七律·贺《花间词》付梓

绮梦当寻意已酬,
同心一个结深眸。
她催桃李芬芳竞,
你煮茶芽雅韵留。
醉卧花间三两影,
行吟笔下百千楼。
风凝玉佩玲玲动,
梅报雪魂词集收。

## 七律·贺冬日千华老兄古稀寿

冬风浸透入琼觥,
日上云枝福可烹。
千岭飞花拼寿字,
华英落笔寄心情。
关山曲尽葫芦意,
金石音敲松鹤声。
志满古稀无老矣,
兄台犹胜少书生。

## 七律·贺湛宽兄《忍泪吟》出版

一字一词情独长，
初春三月绽文章。
诗心不老描风骨，
声律常新挂夕阳。
有幸吟坛贤者识，
今随笔意世尘量。
苏辛李杜往来客，
莫若湛宽人姓王。

## 七律·六如诗客雅聚周年有贺

去岁同心聚六贤,
周年喜宴酒开篇。
豪情一盏诗词和,
好句千文风雅传。
更与吟怀听鹤远,
尤将逸兴看云闲。
欢愉自有清狂气,
痛饮三杯锦上添。

## 七律·《九曲流觞》付梓感怀

怡情四载合成章,
相约笔端寻宋唐。
九曲清溪流九畹,
千重厚意饮千觞。
捧来风月回眸望,
捻作诗词信手量。
天地无非方寸大,
书归一卷尽春光。

## 七律·贺凌公《散淡吟》出版

何须叹老倍精神,
笔上轻盈不染尘。
一把诗情灯下付,
千头意绪鬓边匀。
集成好梦收归册,
汇作清风诉与春。
七秩烟云心散淡,
开颜笑罢赠他人。

## 七律·槐公诗集刊发有寄

翻开诗卷室生辉，
满目豪情字里飞。
重笔描来横水阔，
清光书尽入云巍。
夕阳更把山河秀，
军旅犹添词句威。
醉与谪仙闲作趣，
狂吟今古揽风归。

## 七律·尼公《诗经体廿四节气歌》发行有贺

天生节气笔生香,
二十四篇拈寸量。
一部诗经承古律,
几行小雅著华章。
谦谦本是当初貌,
淡淡犹添此刻光。
分付才情施指上,
园中又见百花芳。

## 七律·贺《澄心斋吟草》付梓

雅集翻开手绕香，
随来皆是好文章。
字如珠玉击今古，
言若松风吹宋唐。
雁过云烟都散遍，
鸿飞日月更何妨。
诗才留得时间赞，
万事澄心付一方。

# 七律·诗贺《大型总厂之声》党建联盟报纸创刊

新年掷地发新声,
党建凝心看并行。
一纸当媒同献策,
千言化意共联盟。
大型搭起寻春路,
小报铺开落笔情。
深浅留痕风握紧,
牛蹄奋力更兼程。

## 七律·贺《六合清音》诗集付梓

一缕清音十里桥,
风吹六合闹春宵。
相邀岁月诗中印,
喜得山河笔下招。
任是豪情添意气,
无非自适作逍遥。
寻欢别有闲滋味,
捻碎年轮弄晚潮。

# 七律·贺《秋实诗草》付梓

文苑清清小字温,
闲中展卷贵弥珍。
诗情蕴结梅花骨,
桂影凝成秋月邻。
自把余香留左右,
还将晚照映星辰。
随风漫过玲珑气,
一半收襟一半匀。

## 小律·初五迎财神

明空雪后净尘埃,
一梦神仙赐我财。
水绕青山千里至,
天呈紫气八方开。
耕耘不懈时年顺,
领取初心红运来。

# 跋

## 像杜甫那样写诗
——由卞宝泰《拂云斋诗钞》想到的

刘耀业

在诗人遍地、诗体纷繁、诗风攘攘的当下,我们应当如何写诗,尤其是写好旧体诗,复兴旧体诗词创作?读罢卞宝泰的《拂云斋诗钞》,我不由得想起了杜甫:杜甫当年是如何创作的?设若杜甫再世,又当如何写诗?兹略陈感想数端,以切磋于诸诗友,并就教于诸方家。

老老实实地写。在思想内容上,要紧扣时代,紧贴现实,反映多姿多彩的社会生活,不能拘囿于个人小天地,自怨自艾,自说自话,更不能如某些浅薄诗人,热衷于庸俗荒诞、唾沫屎尿。在艺术表现上,要去陈言,无虚言,不能空话连篇,亵渎文字,玩弄辞藻,把写诗当成一种游戏,一种卖弄,一种炫耀。说到杜甫,他一生心怀社稷，情系苍生，诗中展现丰富的社会内容、强烈的时代色彩和鲜明的价值取向。不仅"三吏""三别"、《兵车》《丽人》等直面社会的作品闪烁着现实主义光芒，《春夜喜雨》等描写景物的诗篇，也蕴含积极的思想内容。即使写儿女情长，他也是说："遥怜小儿女，未解忆长安。"一句"未解"，潜藏着多少世事变迁，人生乱离。回过头来读宝泰的诗，我们会感受到一股浓郁的现实生活气息扑面而来。宝泰秉承"感于哀乐，缘事而发"的诗教传统，坚持叙实事、写实景、道实情，把对工作的热情、工友的友情、亲人的亲情、生活的真情，都化作无尽的诗情。企业生产，他牵挂于心："只为螺纹牵一累，弯弯曲曲并天长。"爱女远行，他心有不舍："送儿安检门前止，不敢回身恐月凉。"游仙人谷，他心生想象："流泉拥起万花开，可是飞仙乘兴来？"可以说，宝泰的诗是在工厂的叮当声中敲打出来的，是在生活的烟火气中熏陶出来的，是在大自然的山光水色中滋养出来的。真诚地做生活的小学生，忠实地反映生活，是宝泰写诗的重要准则。

勤勤恳恳地写。杜甫的一生，留下了1400多首宝贵诗篇，写诗成为他生命的重要组成部分。不管是在困处长安的艰难时期，在颠沛流离的逃难途中，还是在闲居蜀地的安逸时光，他都未曾停下手中的如椽巨笔。即使在贫病交加的晚年，依然"不敢废诗篇"，创作了《登高》等许多震烁古今的不朽诗篇。宝泰在诗词创作上，也像许多诗人一样，备尝艰辛，甘苦自知，乐此不疲。这部诗钞中选辑的是他近七八年来所作五七言律绝，共一百九十首。加上去年出版的《拂云斋词钞》中的一百八十多首词，诗词合计近三百八十首。平均下来，他的诗词创作至少每周一首。要知道，宝泰并不是专业诗人，而是一位特大型国企所属分公司的主要领导，肩负着管理企业、组织生产的重要职责。如果不是由于勤奋，不是把别人喝茶、聊天、休息、娱乐的时光都用在读书写作上，他是不会取得如此丰硕成果的。他曾语含自励地把想写未写的诗称作"欠债"：欠诗友的债，欠自己的债，欠生活的债。欠债岂能不还。然而，每于工余还诗债，旧债还罢又新赊。就这样，他经年累月不停地欠，不停地还。置办年货要写："一张福字朝阳满，千里归期倦鸟还。"公出开会也要写："同堂博采知长短，共话才能识昃盈。"登临览胜更要写："当寻遗迹追豪壮，紧握高风向太清。"甚至生病住院还要写："病骨消侵窗月瘦，愁容分付暮云酺。"生活充满诗意，宝泰心中注满诗情。写诗，成为他人生的一道重要功课,成为他生活的重要组成部分。

精益求精地写。杜甫一生对诗歌艺术孜孜以求,"新诗改罢自长吟""语不惊人死不休"。他转益多师,勤于探索,"尽得古今之体势,而兼人人之所独专"。尤其在五七律的创作上,从声律、平仄到炼字炼句无不精绝,达至无以超越的艺术巅峰。宝泰写诗,也自觉地以前代诗人为典范,注重诗境的营造、诗律的讲求、诗语的锤炼,艺术技巧日益精进,表现手法愈臻纯熟。宝泰的诗有意境。"秋声一唱醉蓬莱,早有青山座上来。与我推杯倾万里,看君横笔纵千回"高旷雄迈;"古屋百年犹气势,徽班千载已风烟"沉郁苍茫;"耳畔东风吹鸟雀,声声都作唤爹娘"缠绵低回。宝泰的诗讲声律。除谨守平仄、对仗等规矩外,在用韵上也很讲究。悼念亡友,他用心良苦地选用"噎、诀、绝、结、折"等平水韵中的入声字作为韵脚,使伤痛之情得以深切表达,诗的形式与内容得以完美统一。宝泰的诗重炼字。"云担千垄梦,匾晒一村霞。"着一"晒"字,既表明门外匾额饱经烟霞浸染,岁月沧桑,又"晒"出篁岭古村的悠悠古韵,人文风雅。

时代总是在发展。无论时代怎样变化,我想,诗人的责任和使命应该是相同的,诗人的理想和愿望应该是一致的。像杜甫那样写诗，尽管我们无法成为杜甫那样伟大的诗人，但至少可以成为真正的诗人。宝泰就是这样一位忠于现实、勤于创作、精于诗艺的真正的诗人。

（作者曾任中共鞍山市委宣传部副部长、鞍山日报社社长兼总编辑，著名文化学者、文学评论家）